LE MURMURE

CHRISTIAN BOBIN

LE MURMURE

nrf

GALLIMARD

Il a été tiré de l'édition originale de cet ouvrage
soixante exemplaires sur vélin rivoli
des papeteries Arjowiggins numérotés de 1 *à* 60.

Citation p. 94 : Ernst Jünger, *Journaux de guerre,* t. II, p. 602, « Bibliothèque de la Pléiade », trad. de Frédéric de Towarnicki, revue par Henri Plard, et révisée par Julien Hervier pour la « Bibliothèque de la Pléiade », Éditions Gallimard, 2008.

Pour Lydie
À travers les sphères

Rien est le tout
de ce que je sais

La montagne s'incline une seconde. Aucune de ses pierres ne sourit. Si tu cherches une récompense pour ce que tu fais, laver la vaisselle ou jouer Chopin, alors, plutôt, ne fais rien : tu as par avance échoué dans l'absolu chef-d'œuvre de la vaisselle, ou du poumon des anges. Chopin est une inhalation pour les anges asthmatiques, ces hypersensibles saupoudrés sur terre dès leur naissance jusqu'à leur mort – car les anges naissent et meurent comme Bouddha, comme les tortues et comme nous. Mais je m'égare. Si tu cherches les félicitations, reste au lit : au moins pourras-tu espérer faire d'un sommeil un chef-d'œuvre inconnu.

La montagne-Sokolov à la fin d'un récital s'incline juste une fois pour dire : je n'ai aucun mérite. Je me suis effacé une heure et demie.

C'est une gloire secrète que votre silence m'a permis, dont je vous sais gré. Je suis le saint bossu des pianistes. Saint, il n'y a vraiment pas de quoi s'en vanter. Disparaître en se jetant dans la flamme des fleurs ou dans les bras des morts est un luxe inouï. Une heure et demie hors de ce monde dont les remparts brûlent.

Ce qui s'éloigne est tellement beau. Le son du piano, ce noir velours d'un abandon qui s'épanouit avec l'agonie de chaque note. Quelqu'un s'en va, nous quitte, s'embellit de nous échapper. Nous ne le ferons plus souffrir avec nos paroles, nos projets, nos volontés.

Vous avez raison de persécuter les saints dès la cour de l'école. Leur jouissance est insupportable. Elle dépasse toutes les autres.

Cette nuit j'ai entendu une voix qui disait : « Cette année tu vivras comme un rentier. Tu auras des conversations avec des rois, des reines, et des dieux. » Et j'ai pensé qu'un ange m'annonçait ma mort.

J'écris à bas bruit et j'écoute de même. Un silence de Sokolov et je bâtis une ville en bord de mer, en automne, quand le soleil se repose de ses admirateurs.

Une reine de beauté, élue au temps de la Révolution, enterrée dans le vieux cimetière de Vézelay secoue ses cheveux devenus herbes folles, et ses os bracelets aux poignets du vent. Sa poussière rêve.

La petite brise milliardaire des libellules.

Les femmes sont des caravanes de charme. Elles séduisent jusqu'au soleil. Et tant pis si la dernière verdine de cette caravane abrite la Reine Mélancolie, toujours alitée. Cela n'empêche pas cœur et main de danser.

Je n'ai pas compris ton départ. Parfois ne pas comprendre est une bénédiction. Ton départ s'appelle « mort », mais ce mot ne dit rien. J'essaie de revoir dans l'air qui m'entoure la danse de tes mains quand tu parlais. Tes doigts partaient en vacances. Ta main chatouillait le menton d'un éléphant bien trop sage.

Une sonate de Schubert est une petite bête sauvage prise au piège et tirant, tirant sur le collet qui lui rougit de plus en plus le cou. Je ne comprends rien à sa musique. J'aime bien lorsque je ne comprends plus. Il me semble que Schubert a inventé une musique plus longue que la vie...

Je n'ai que mon cœur pour traverser la vie, rien d'autre que cette valise de réfugié en cuir rouge, cadenassée à la naissance.

Le travail d'un pianiste, c'est de s'asseoir. Le reste va de soi.

Avec un seul doigt appuyé sur une touche un peu plus longtemps qu'il n'est raisonnable, Sokolov retient la note jouée en captivité, jusqu'à ce que la note suivante, vierge d'ancêtres, apparaisse, lumineuse comme un voilage flottant au-dessus d'un berceau et de son navigateur bravache. À quoi me fait penser cette main qui multiplie les apaisements comme pains et poissons de l'Évangile? À ces premiers accompagnements, quand enfants nous sentions autour de notre main, l'enveloppant comme un moineau captif, la main géante d'un père ou d'une mère pourtant si faibles.

J'écris à voix basse comme parle le lilas dans la nuit profonde et qu'il donne les dernières gouttes de son sang mauve. J'écris comme les étoiles qui planent en ignorant les dormeurs dans leur lit, les puissants à leur whisky, les morts à leurs soupirs. J'écris comme on rêve. Qu'est-ce que tu as, qu'est-ce qui t'arrive, on dirait que ton visage rompt les amarres, qu'il prend le large, pourquoi, étant avec nous, n'es-tu pas avec nous ?

J'écris comme on s'absente. Je cherche quelque chose ou quelqu'un. Un battement de cil d'une rose trémière, archiduchesse de l'air. Une parole brûlante qui fait éclater le vase du cœur. La neige, la harpe de la neige. Ou simplement le silence d'une cuisine vers les onze heures du soir, quand la vaisselle a revêtu sa tenue de lumière, que la totalité de notre vie se présente à nous, et la voir est insupportable. Nous sommes de si faibles architectures. Un rayon de lune et nos piliers tremblent, menacent de s'effondrer. J'écris comme se cachent les bêtes éprises de leur fin, blessées à mort par la beauté de vivre.

La société – cette folle que personne ne gouverne – roule en bas de ma fenêtre. J'entends le chant des milliers de pneus qui avancent vers aucun but. Il me parvient à travers le pépiement des étourneaux logés sous ma fenêtre dans le dortoir des arbres. Dans ma chambre constellée d'yeux sauvages, j'édifie une digue de silence comme il s'en trouve dans le prolongement des mains de Sokolov quand elles s'envolent.

J'ai dans mon cœur les yeux des vivants – bêtes, mais aussi hommes ou fleurs –, tous ceux que l'amour aide à vivre quand ils sont morts. Mon projet est de faire le portrait le plus complet qui soit d'un être humain, ne sachant de lui que ce qu'il donne : des notes, et plus précisément des intervalles de silence. C'est dans ces failles que brûle le minerai de l'humanité, de formation spirituelle inconnue.

Vieux buffet, avec tes trois gros boutons de culotte en bois à tes tiroirs. Vieux buffet, tu es comme le monde, trop chargé de biens et de souvenirs. La table où j'écris est rase comme un horizon vide – plus vraie en ce sens.

J'attends devant la table vide. Rêver, c'est se taire. Ce sillon de silence à mes lèvres est mon plus grand voyage. Il faut qu'à chaque instant j'use et j'épuise tout ce que je possède pour être neuf. À chaque instant. J'écris pour vous rejoindre, mes frères et sœurs du monde analphabète du rêve, d'un rêve qui doit tout au mont Blanc du cœur, plus haut sommet de nos vies.

Pendant des dizaines d'années, j'ai refait ce rêve d'une chambre d'étudiant que je ne parvenais pas à quitter.

La maladie m'a pris par la main : — Alors, il faut que je vienne en personne maintenant, pour que tu puisses aller vers ces soleils que tes écritures célèbrent si fort, et ta vie si peu? — Mais ne suis-je pas, en écrivant, à un pas du paradis? — Oui, mais de ne pas accomplir ce pas tu manges ton pain de silence en enfer.

Vidée de ses livres, une caisse nouvelle remplie d'écritures apparaissait comme champignons en automne. Il me fallait rester, ouvrir la caisse, lire. Rêver. Recevoir sur mon visage le flux laiteux de nouvelles pages, échangeant avec la lune leur fluorescence d'inconnu et de paix. — Et de paix ! s'exclama la maladie. Sais-tu seulement de quoi tu parles ? Il ne s'agit pas de cesser d'écrire, malheureux ! Regarde : je les ai fait venir pour toi, mes auxiliaires : quatre douleurs qui t'aideront à y voir clair. Une guerre pour l'âme, une pour le poumon, tout ! Ils t'apporteront lumière, non ténèbres ! Rien de plus éloigné de la mort ! « Bon, dit la maladie en claquant des doigts pour rameuter sa troupe : en route ! Nous avons encore du chemin à faire. Je reviendrai. » Le message est clair, mais il est un peu tard pour changer de cap.

L'encre est une fourche. Je m'en sers pour piquer dans une meule de silence, ramener une botte de feu et la balancer tous muscles tendus dans la charrette des jours.

Méchante vie. Adultère et fidèle vie. Noble étrangère, vie plus changeante que femme au coiffeur, la vie est cette voleuse qui nous enrichit.

Si ce livre devait être le dernier, alors il faudrait qu'il soit le plus jeune de tous ceux que j'ai écrits.

Sokolov déteste les applaudissements, ce grouillement de poux sonores, subtile mise à mort d'un silence construit pendant plus d'une heure, qui changerait toute la vie si on le laissait poursuivre son chemin en nous sans cet ébrouement des mains pour se sortir d'un rêve plus vrai que la vie. Pendant que les mains de Sokolov parlent, sa bouche mâche comme un chewing-gum le silence qui manque à nos vies affolées.

Dans une allée du parc un oisillon, condamné à marcher, un bébé pivert sautillait en suivant son long bec. Sa démarche de lignes droites brisées. Parfois on ne sait pas ce qui est le plus loin, du cœur ou du ciel. Les notes de Haydn jouées par Sokolov sautillent ainsi à gauche, à droite, cherchant leur joie. L'oisillon rendu au sol cherchait la formule d'un salut.

Le gravier rose de l'allée pensait. Les buissons épineux, prêts à tuer, et les joncs hébreux du bord de l'eau pensaient aussi. La pensée est l'abîme dans lequel chacun tombe.

L'ombre des arbres écrivait sur le sable un texte que l'heure suivante effacerait. Le bébé pivert n'avait pas peur de nous. N'était-il pas notre frère ? Peut-être même notre maître. Il avait traversé tous les déserts de l'abandon.

Nous passons notre vie à attendre quelque chose de mieux que notre vie. Nous passons, nous passons. Nous suivons le long bec de notre pensée en espérant qu'elle nous mènera loin d'ici.

Les yeux d'un homme qui pense se plissent dans l'extrémité de l'étang du regard, là où bruissent les roseaux d'un songe.

La vie nous longe.

Nos rêves informulés ne nous quittent jamais.

Descendre l'escalier en courant. L'horreur des plantes vertes sur un palier. Elles sont au bagne. Elles cherchent un visage qui en passant les soulagerait de leurs chaînes. Faux palmiers, faux arbres et les plus humiliés ce sont ceux qui stagnent dans le hall des grands hôtels, qu'un mépris arrose chaque jour.

Ma petite sœur des roseaux sauvages, je souffre de ces fleurs guillotinées pour rafraîchir les joues rosées des touristes fortunés. Descendre l'escalier en courant, ne recevoir des plantes vertes que la froideur que je leur donne et soudain sentir la main de commissaire de police d'un rayon de soleil se plaquer sur mon épaule droite, ralentir ma course, m'arrêter presque.

Sokolov joue ce soir à Aix-en-Provence, je n'irai pas le voir. J'ai eu, par ce rayon de soleil, ma rasade de sonate. Remonté des poubelles – activité sainte – assis à ma table, écrivant ces lignes, je sens encore le toucher de cette main solaire sur mon cœur nu. Le concert fut parfait.

Près de cette table d'hôtes des étoiles, dans la cuisine où Chopin vient boire un verre d'eau, après l'ultime note du dernier prélude, comme le dieu de l'air dans un vase vide, je retrouve – mais l'ai-je jamais perdue ? – l'électrique attention du nouveau-né, son sursaut au grincement du parquet.

J'écris à bas bruit. Chopin au-dessus de l'évier démêle ses cheveux lavés par Sokolov puis disparaît. Je rêve. Mais ma main qui écrit se fait lourde, voilà qu'elle se regarde écrire. Je l'envoie se coucher et je la suis. Nous verrons demain. Demain soir.

La rue Visconti à Paris est si étroite que c'est bonheur de marcher au milieu, sur le goudron que les troupeaux de voitures ne viennent piétiner que très rarement. C'est une rue au fusain, une esquisse de pénombre, où d'y entrer vous repousse aussitôt deux ou trois siècles en arrière. Je ne me savais pas si vieux.

Dans la galerie d'art japonais du bambou assez étroite pour que l'infini y tienne à son aise, le directeur me tend, l'enlevant de son socle, geste délicieusement hérétique, un petit pot de bambou tressé. Voyez, dit-il, comme c'est léger. Il a été fait au siècle dernier et n'avait pas prétention d'être œuvre d'art. On y mettait des fleurs pour la nourriture de l'âme. J'ai soudain à ma main droite le doigt de Sokolov quand, pour faire monter un rêve, il appuie sur une touche d'ivoire. Le petit pot accroché par son anse à mon doigt recourbé se balance sans inquiétude. Paris est écrasant. La beauté pèse vingt grammes.

Je me souviendrai toujours de ce minuscule panier en osier. On le soulevait avec les yeux tellement il était léger. J'y ai laissé mon cœur, le fruit rouge de mon cœur.

Plus personne n'écrit à la main. C'est pourquoi votre main n'a plus de lien avec votre cœur.

Les faussaires de la poésie sont les coucous de l'écriture. Ils sont nos pires ennemis. Je ne parle pas des mauvais poètes. Non : je parle de ceux qui prennent la défroque du poète pour mieux servir le monde. L'époque les multiplie.

J'écris un livre de guerre. Pas pour faire des morts, mais pour faire des vivants.

Il pleut des mains dans le salon. Attaquant la colline de laque noire, elles fouillent le clavier à la recherche de la blessure qui guérit tout. Bach est mon troisième poumon. Sokolov est tellement perdu dans son piano que je peux tout lui confier, même ton nom. Il le change aussitôt en note transatlantique, en dauphin de cristal.

Les affreux pianos dans les gares ! Le cynisme des haut-parleurs réglés pour qu'on ne comprenne rien, les annonces de retard qui attaquent comme des frelons, les pickpockets qui sont les seuls éveillés. Les affreux pianos dans les gares. Dans tout mobilier public dort, repue, une pensée que vous pouvez remonter, découvrir le bureau climatisé où elle fut conçue, acclamée comme une avancée vers le paradis. Les affreux radeaux dans les gares océanes.

Vous n'aimez pas notre époque ? demande le poisson échoué gueule ouverte sur le sable.

Enfant, je ne comprenais rien à cette vie. On me transportait d'un point à un autre. Cela s'appelait voyage, école, ou visite. On me reprenait à la fin du jour. J'étais occupé par ce sourire sans cause qu'il m'avait semblé deviner un jour – mais où ?

Peut-être que quand on pleure et qu'on sait pourquoi, ce ne sont pas encore des larmes. Les vraies larmes sont sans raison. Inconnues. On en trouve une des sources au sommet de la montagne-Sokolov, entre les pierres des doigts disjoints.

J'aimerais ne plus avoir cette sensibilité insomniaque du nouveau-né même si je sais que, à l'instant où je la perdrais, toutes les pages de mes livres redeviendraient blanches.

L'ambulance n'est pas une ambulance, mais une carriole destinée à recevoir et amplifier chaque bosse de la route. La route n'est pas la route, c'est la place de Grève. Je vois les nuages. Je dis à l'ambulancière : « C'est beau les nuages. » Il est très facile et très difficile d'être jeune. Elle réfléchit et dit : « Tout est beau. » Sa parole explose dans l'ambulance.

— Qu'est-ce que tu fais dans la vie ?

— Moi ? Rien. Je réfléchis sur ce qu'est un sourire, un *vrai* sourire.

— C'est tout, rien d'autre ?

— Non, rien d'autre, mais ça me prend tout mon temps. Il me semble que si je découvre de quel abîme étoilé remonte vers nous un *vrai* sourire, alors je n'aurai perdu ni mon temps, ni ma vie.

— Et les larmes ?

— Les larmes – pas celles du sentiment, de la perte, mais les larmes sans origine –, quand tu te penches sur leur eau blanche et salée, tu peux y entrevoir un sourire comme celui-là qui m'intrigue tant.

— Qu'est-ce qui t'aide à vivre ?

— Rien. Ah si peut-être : écrire. Tirer les moustaches du tigre.

— Je ne comprends pas. Qu'est-ce que tu écris au juste ?

— C'est très proche de l'enfantin trépignement de la pluie sur une verrière colorée dont une plaque est brisée : je passe, j'entends ce petit piétinement et c'est comme si soudain j'entendais ce « Ah ! » dont les Japonais disent qu'il est le souffle, l'âme, la substance des choses que parfois elles délivrent. Quelque chose chuchote quelque chose. L'écriture reprend ce chuchotement et l'amplifie.

— Dans quel but ?

— Arracher le langage à l'enfer des opinions.

Mon chant sera court. La fin du monde va vite, il me faut aller plus vite encore et la doubler, faire s'ouvrir sur la page ce qui s'appelle une âme, la tienne.

C'est tout? dit le silence. Oui, c'est tout pour l'instant, pour cette page. Une rencontre est absolue, ou bien ne se fait pas. L'absolu est corne d'abondance, un infini versé à mes pieds. Les vingt ans à venir feraient comme vingt secondes. Oh, l'habileté des prêtres, ces mauvaises façons d'apprivoiser l'âme et de claquer sur elle les deux mains d'une grosse bible, comme sur un moustique. Merveille des humains qu'aucune technique ne capture! Chevaux sauvages, poèmes en loques, nuages ivres!

Ne me demandez pas ce que je fais mais plutôt ce à quoi je demande un secours. Cette nuit un livre, publié en 1949. Son papier tombe en poussière. Je l'ouvre, il me recueille. *Héliopolis* de Jünger. Mes mains se font légères pour ne pas blesser les ailes fanées des pages. Raconte-moi une histoire, c'est pour ne plus mourir, sais-tu. Ramène-moi chez moi. Les heures en bronze de la nuit sont des divinités cruelles. Bouscule-les de leur socle avec une seule de tes phrases, avec le calme de ta voix qui est bien plus que l'histoire, bien plus que les mots.

Te lire est entrer chez un marchand de tapis précieux dans un arrondissement silencieux de Paris. Chaque phrase s'étale devant moi comme un tapis aux motifs lumineux, chaque nouveau tapis déroulé sur le sol apparaît plus riche que le précédent, et la boutique s'agrandit chaque fois, repousse ses murs, devient plus large que le monde.

« Désormais, je crois que le poète est le seul à pouvoir apporter une solution... » Ta voix est une poignée de fleurs jetée dans la rivière, elle est ce fluide plus vital que le sang : la confiance. L'irraisonnable confiance envers ce qui murmure derrière le rideau rouge du sang – la petite troupe des anges qui jouent comme jouent les enfants dans une éternité de vie.

L'écriture est un linge frais tendu sur un fil d'encre.

Le mot « avenir » résonne lorsque j'entends tourner la presse typographique où s'imprime mon premier livre. Le livre jaillit comme un boulon mal serré gicle des ossements en marche d'une machine presque humaine. Il bondit dans ma main, formé en plomb comme c'est alors la règle en imprimerie. Désormais ce ne sera plus la nuit qui prendra soin de moi, c'est moi qui en écrivant la servirai, l'apprêterai, l'ornerai – avec toutes les définitions possibles de l'écriture : secret, rivière, noisetier, amour de loin, nuage, tigre, âge d'or, hirondelles, feutre noir.

Des dents claquant dans le vide et dans ce vide il y a tout. La machine artisanale, célibataire, rachetée à un vieil imprimeur. Je connais depuis ce temps l'amour des beaux papiers. C'est un amour ravageur, comme celui des tomates anciennes, cœurs-de-bœuf, ou des carottes disparues, rougeterres. Leur goût est inimitable, et si comblante leur douceur.

Le silence est un grand rugbyman. Il me plaque aux épaules, aux jambes, me dit : Tu ne sortiras pas de cette page que tu n'aies écrit quelque chose de plus beau que la neige dont je recouvre tout, pelisse de l'invisible.

J'écris pour vous construire un nid. Il fait trop froid dehors.

Arrête cette musique, me dit ma mère en entrant furieuse dans ma chambre d'adolescent, on l'entend jusque dans la rue ! Ce jour-là, par cet ordre, ma mère m'envoya chez les morts qui font des livres dont les pages, quand on les tourne, font moins de bruit que l'air glissant sur l'eau d'un étang.

Il pleut... Sur mon lit d'hôpital, je mange un plat incomestible entre un mourant et une vitre en larmes. Ensuite, j'écris ce petit billet pour la cuisinière : « Chère cuisinière, je viens de finir mon assiette : c'était absolument délicieux. Peut-être seulement un tout petit peu froid... » J'ai un frisson d'ange. Nous ne sommes que rarement les auteurs de nos actes.

Si seulement on pouvait s'occuper des malades et des pauvres comme leurs majordomes s'occupent des riches...

C'est grâce à l'insomnie des mères consolant un enfant dévoré par les diables de la nuit ou à un balayeur aidant ici ou là un trottoir à mieux respirer – oui : c'est grâce à ce genre de service que les ténèbres n'ont pas encore refermé définitivement leurs bras sur les humains. Écrire est ce genre de service.

La pluie d'été qui tombe sur un arrosoir oublié dans l'herbe sonne comme Haydn sous les doigts de Sokolov.

Les mains de Sokolov au-dessus du clavier ont mille vies. L'une a pour mission de rechercher les basses, le martèlement des sentiers de la terre, quand l'autre se charge de la cueillette des notes les plus jeunes, des plus tendres des violettes. Sais-tu qu'on peut mourir de chagrin devant l'apparition des violettes sauvages ?

L'ascenseur qui menait à la faculté de philosophie s'arrêtait à un palier marqué, à côté du bouton, « Agoraphobie ». J'étais le seul à sortir.

Mon lit d'enfant, lieu d'éclosion du cœur. La nuit passe le peigne de ses étoiles dans mes cheveux.

Évangile des gueux, poudrier des fantômes : ces petites fleurs jaunes, hautes sur pattes, dressées entre le béton du mur d'entrée et les pavés de la rue. Leur jaune, même par temps gris, est le bonjour d'un dieu auquel personne ne répond. Ces fleurettes jaunes, s'extrayant à mi-corps des pavés, je les croise tous les jours en sortant.

Le jaune des fleurettes descend en poudre sur mon cœur, le tamise, le calfeutre, le materne. Leur jaune savant, plus savant que dix mille savants, tellement plus précis ! Des aiguilles de simplicité plantées dans mes yeux et mes yeux s'ouvrent, se rouvrent enfin à la précieuse démence de vivre encore une fois, un jour, une heure. Petites infirmières jaunes, vos regards sont si purs qu'ils redressent ma colonne vertébrale. Ils cherchent aussi un autre monde.

Tout agit sur nous par esprit. Nous ignorons ce qu'est une couleur, ce qu'elle est métaphysiquement, spirituellement. L'esprit est devenu un sous-bois fracassé par des machines dévoreuses. Plus d'ombre, plus de silence, plus de secret. Branches rompues, sang perdu...

J'ai, tournés vers moi, les yeux des bêtes que j'ai connues dans les campagnes ou dans la jungle des livres d'aventures. Ces yeux me regardent écrire, m'avertissent : la société est le haut-mal, sa dangerosité est sans limites.

Les musées sont des instituts de transfusion sanguine. Matisse, rhésus mimosa. Van Gogh, abeille O.

Et revoilà les cousines du soleil grinçant d'effort entre béton et pavés, poussant, poussant, poussant !

Même blessée l'âme des choses s'offre à nous sauver. Peut-être les sonates de Haydn. Oui, peut-être ces notes qui roulent comme grains de poivre entre les doigts russes, rebondissent sur le sol, cognent aux vitres, peut-être la tentative de fugue de ces notes m'apprend-elle quelque chose de la couleur jaune de ces filles des rues qui cherchent elles aussi un autre monde, sans savoir qu'elles en sont la preuve tonitruante et discrète.

Sokolov plonge dans le liquide amniotique de l'éternel, sans détour par la terre. Jouer du piano, c'est fondamentalement aimer, et aimer ne saurait être un spectacle.

Sokolov le temps d'un concert dresse ce genre de cathédrale que des centaines de tailleurs de pierres mettaient un siècle à construire. Des jeunes m'ont dit qu'il était vieux. Mais qu'appelle-t-on vieux, exactement? Pour moi, cela désigne le plus haut d'une flamme.

Quand le génie entre en scène, ce n'est pas lui qui est là, c'est la délicatesse infinie de la vie, le stéthoscope plaqué sur la poitrine de Dieu, les battements qui s'accélèrent, les tambours de l'amour immortel. Le retour de l'esprit.

Dans les branches de Chopin ou de Rachmaninov brillent des nids de diamant avec des pauvresses à l'intérieur.

C'est un ami d'enfance – même s'il n'est pas tout à fait vrai que j'ai eu des amis d'enfance : j'avais été dès ma naissance projeté trop loin du monde pour cela. On m'avait appris, longtemps après sa « montée » à Paris, sa mort dans un accident de voiture. Les visages familiers s'impriment dans notre âme, dans son grain, sa trame, comme les fleurs sèches dans la pâte à papier. Je revoyais très bien cet ami, son museau de renard chinois, son élégance, son humour vieille Angleterre qui le faisait rire et parfois lui seul, son parler désuet raflé dans un dictionnaire.

L'annonce de sa mort avait fait tinter en moi une petite chapelle recouverte de neige. Une musique faible, lente, agréable comme un chagrin sans poids. Lorsque, lors d'une signature dans une librairie parisienne, je vis s'avancer vers moi le disparu, je m'étonnai trop pour m'étonner. Je n'osai lui demander d'où il venait. « Du pays des morts » aurait été la seule vraie réponse, la seule acceptable. J'étais heureux de sa résurrection, fier pour lui de sa victoire. Nous bavardâmes un peu. Que savent faire d'autre les vivants, que bavarder? Je me souvenais de la dernière image que l'on m'avait rapportée de lui avant sa mort : on l'avait vu dans un wagon surpeuplé du métro, portant sur son dos un lourd matelas.

Quand il quitta la librairie, je le vis s'éloigner pour l'autre monde – il n'en était sorti que pour me saluer – avec un matelas de lumière sur ses épaules christiques.

J'ai commencé d'écrire à deux ans une lettre au ciment lépreux de la cour. Depuis je n'ai plus arrêté. C'est assez simple ton adresse : tu es partout. Je suis le dernier homme à écrire des lettres. Il en faut bien un. Je mets toujours des beaux timbres, même pour mes bourreaux.

C'est dans un récit, enveloppé dans sa confiance comme les mendiants à même le trottoir sous une couverture lourde, que nous dormons, que nous vivons. Chaque phrase est une chambre.

Je me souviens du *Chevalier de Maison-Rouge.* Ces chambres rouge cerise, le feu confortable de leurs murs. Ce chevalier par son seul titre surgissait pur comme le bébé de l'eau du bain, bondissant à cheval de la baignoire pour sauver une reine c'est-à-dire une mère, toute mère.

Principale occupation des hommes, bien sûr vouée à l'échec.

Abandonné en même temps que surveillé par ma mère, j'entrais dans la cerise de Maison-Rouge, doué d'un courage surhumain pour faire résonner le point de croix d'un sourire aux lèvres de la reine, la mère, la sainte et la putain.

Les parents sont des sentinelles qui parfois s'endorment. Leur prisonnier s'en va sans bruit, enjambant la fenêtre d'une page, ravi par un buisson d'amour en feu et la nécessité très joyeuse de tout perdre.

Le chevalier emporté par son élan traversa le mur de la chambre, galopa jusqu'à Dijon pour y rater merveilleusement ses examens et, perdu pour perdu, commença à écrire, pour sauver sur le papier celle qui fit naufrage dans la vie. J'entends toujours le bruit des sabots sur le pavé des mots.

Tout récital a quelque chose d'obscène : c'est prier en public, méconnaître que toute prière affichée est néante. La petite fumée indienne des notes meurt avant de toucher le ciel : elle demandait le secret. C'est pourquoi Sokolov ne donne pas un seul sourire à son public, disparaît alors que la dernière note erre encore comme une chouette surprise dans un grenier, sous le ciel peint d'un opéra. Quand il revient des coulisses pour jouer un dernier morceau, il écrase les applaudissements renaissants sous ses fesses rabattues si violemment sur le tabouret matelassé de cuir noir que les ailes de son smoking, un instant, s'envolent.

Ravalez vos toux, coupez vos mains – au moins une, applaudir ne fera plus de bruit. En une seconde le public est mort, aux ordres, prêt à revivre de silence et d'invisible.

Il y a aussi ces vacances au bord de la mer, que prend parfois une de tes mains, une seconde, jonglant avec l'air sur les dunes. Elle flotte sur le dos, se retourne sur un matelas d'air, semble balayer quelque indiscernable poussière – puis revient vite seconder sa sœur.

Les yeux des vaches sont des prières qui ne s'élèvent pas, restent collées aux yeux des priantes. Nous sommes cernés de Voyants que nous menons à l'abattoir.

Les yeux des tigres sont décorés par la reine d'Angleterre.

Je recueille la vie, toute la vie dans le creux de ma main droite, cette vallée au bas des rocheuses des doigts, et ses rivières asséchées qui tracent lignes de chance, de cœur et de ciel. De la main gauche, deux doigts comme une pince, je fais le tri, jette ce que rongeaient le temps, l'ennui, le monde. Le reste est d'une brillance absolue.

Le médecin entre dans ma chambre, mon dossier dans les mains, et me dit d'un ton doctement contrarié : « Je ne sais pas qui vous êtes, mais c'est complètement anormal. Avec ce que vous avez, vous devriez être terrassé ! »

Ce spécialiste ne connaît pas les ressources des bébés. Je n'ai pas de ruse. Moi, j'arrive sur mes jambes de quatre ans – et je cause. Je saute à pieds joints dans toutes les flaques de découragement qui sont devant moi et je les change en étincelles.

Un homme qui ne fait que son devoir ne fait rien. Il n'est pas loin d'un brigand.

La sensibilité s'est retirée du monde. Elle a laissé la place à la précision. Si j'étais la lune, je commencerais à faire mes valises...

Je fais une conférence devant une assemblée de petites cerises rouges. Elles veulent m'applaudir. Je leur dis : Attendez ! Vous ne savez pas ce qui va vous arriver...

Oh, chers obéissants, ce qu'on fait de vous – et ce que vous faites de nous, pauvres poètes ! Nous ne volons pourtant pas notre pain. Nous vous en offrons un autre fait par nous les soirs de lune. Mes frères et sœurs si épuisés, ce qu'on fait du langage, le beau plumet du chapeau-humain-divin. Et ce que vous faites de nous, pauvres bergers du nom qui contient tout, des mots qui ne sont pas que des mots mais du pain, du sel, des levures, de l'ardeur.

Tout amour est divin. J'entends par « divin » la vie humaine, rien qu'humaine, délivrée d'elle-même. Demandez aux mères, quand elles chantent au-dessus de l'abîme de l'enfant une chanson si précise qu'elle n'a même pas besoin de mots.

Un piano est une lourde hirondelle. Je n'écoute plus Sokolov depuis des semaines. Son piano s'est envolé. Deux pas dans la cour de l'hôpital et soudain l'énorme hirondelle de bois et de laque surgie de nulle part plonge sur moi, me frôle, remonte au ciel, disparaît, sans que je puisse savoir sous quelle poutre d'angoisse elle avait fait son nid : me sont revenues en mémoire les tonnes de pression que le pianiste met dans un seul de ses doigts, juste sous le coussinet, en l'écrasant contre une touche.

L'énigme, la grande énigme de ceux qui, absents, nous hantent, inventent une pièce en plus dans la maison d'où ils sortent à tout moment, sans prévenir. Ce n'est pas : « Je pense à lui », mais : « Je ne pense à rien et voilà qu'il m'apparaît accompagné d'un signe, d'un détail qui l'authentifie, ses cheveux fins qui volent contre ses tempes au vent de la musique, et au milieu du crâne la tondeuse à gazon du moine qu'il n'est pas. »

L'autorité salvatrice du son, du poème, est une autorité fondée sur elle-même, incorruptible, semblable à celle du hêtre pourpre dans son manteau de cuir noir. Une forme vert-de-gris inspectant les nuages.

La musique est une boucle de cheveux dans une enveloppe avec un prénom dessus.

Les églises sont des refuges pour pieds cornés. Croquer une bougie redonne des forces.

À l'âge de quatre ans, rendu furieux par cet étranglement de la vie que suscite si bien le cordon des familles, armé d'un balai, j'ai détruit un nid d'hirondelle dans le couloir entre la cour et la rue, le grand dehors, la steppe, la joie de traquer Dieu pour le ramener vivant, pieds et poings liés sur un cheval, l'infini. Personne ne m'a vu exercer mon écœurante royauté d'humain. Personne, que moi. Informée par un ange jaloux de ses ailes en tenue de soirée et de son palais cimenté d'excréments, l'hirondelle est vite arrivée, tournant et retournant au-dessus des ruines de sa maison.

Quatre ans n'est pas une circonstance atténuante. Peut-on être damné à quatre ans ? La réponse est oui, si l'on a, pour sortir d'une noyade psychique, détruit le petit temple maçonné de noir que la Bible dote de brins de psaumes éclatants, et l'Égypte ancienne du lin des légendes dorées.

Plus tard, bien plus tard, je vis apparaître dans un premier manuscrit une hirondelle. J'assistai à son enterrement dans un puits d'azur. J'en étais le scribe. Avec la patience de l'archaïque écriture qui a conservé dans sa garde-robe ses corsages d'argile et ses premières jupes de parchemin, je chercherais désormais ce peu de lumière dont nous avons la garde, dont nous ne pouvons douter, qui est notre âme aux ailes coupant la soie de l'air. La page absolue sera toujours pour moi celle qui a le grêlé d'un œuf d'hirondelle – concentration de tout l'univers, intériorisation infinie, poids sans poids de l'âme au creux de la main heureuse.

Si tu n'écris pas contre toi tu n'écris rien. Le diable n'a que l'importance que nous nous donnons. Mon maître est une hirondelle. Dans son nid baignait au chaud des pailles le sourire qui pardonne tout.

Moi, impur depuis l'âge de quatre ans, j'espère être sauvé pour avoir un jour recueilli dans une page le sourire que donnaient à mon père à bout de souffle quelques fleurs d'acacia, volant dans le jardin de la maison de retraite, après une nuit de terreur.

Un château habité par des statues. Dans le parc une rose. Une seule. Elle se balance au vent des siècles. Elle est et elle n'est pas. Parfois une statue inquiète appuie son front contre une vitre du château pour mieux la voir. Son inquiétude vient un instant appuyer sa joue contre la joue de la rose et s'en trouve soulagée.

Une rose est un temple dont les murailles circulaires sont plus légères que l'air. Son parfum est un voile qui protège, au centre du temple, quelque chose qu'on ne sait bien nommer : le vide, l'amour, la perte – ou notre visage reconnu, rendu à nous-même.

Tout m'est donné mais à la petite cuillère – ce genre de cuillère anorexique qui surveille une minuscule tasse à café en porcelaine blanche, ourlée d'or pour que les lèvres du buveur entrent en contact avec la délicatesse de l'invisible, en même temps qu'avec le breuvage noir, boueux et filant droit aux tempes, d'un café d'Éthiopie. La petite cuillère, à peine creuse, contient pour ma joie l'abbatiale de Conques, le tilleul de la rue Traversière, la paresse d'une feuille morte traînant les pieds sur le trottoir, le bruit de nos pas dans Paris désert, le front bombé de la petite châtelaine de Camille Claudel, les alvéoles du pain de l'enfance, les éclairs du malheur et les moussons d'écriture – tout ce qui fut, est et sera.

Je cherche la vie délivrée de la vie, l'amour délivré de l'amour, ce froissement d'or d'un diapason, cette note pure qui tremble bien avant notre naissance et après notre mort.

C'est la décision la plus évidente du monde que de donner à une rose le nom de Camille Claudel. Toute son œuvre est traversée du flux sans cesse renouvelé des étoiles. Elle a enfanté des rivières de bronze. Elle est bâtie comme une rose de douleur dont le centre abrite la plus grande lumière que nous puissions, vivants, jamais connaître.

Le centre des guerres est ce point calme, très calme : une rose unique, gardienne de la vie. Si tu veux la voir, ferme les yeux et regarde en toi dans ce parc très ancien où rien ni personne, pas même ton angoisse, n'a jamais pu entrer.

Entre un point de hernie discale qui se creuse dans ma chair, le pouce que Camille Claudel enfonce dans l'argile d'une statue, et le miraculeux cercle de poussière qu'un doigt de soleil appuie sur la fenêtre, il y a des échanges, un « travail » en cours entre ces trois royaumes qui n'ont de sens que d'être passagers.

Quand je suis devant *La Petite Châtelaine*, l'enfant est si sensible que le marbre de ses joues frémit sous le souffle de mon regard.

La Petite Châtelaine devrait être exposée seule, dans une pièce vide. Un météore tombé de l'invisible auquel jadis les hommes croyaient.

Camille a extrait des ténèbres ce bloc irradiant de sensibilité sans lequel nous ne serions rien. Nous devons tout à cette abandonnée. Tout. Aujourd'hui le peuple des roses s'incline devant sa reine.

Quand Sokolov entre sur scène les lumières le perdent. Sa main droite avant de s'abattre sur le clavier esquisse un gracieux tourbillon d'oiseau, puis c'est la première note et la nuit commence avec elle, apportant toutes consolations. Ses mains sur le clavier sont mains de médium. Il ne touche pas l'organisme malade – l'âme, cette éternelle convalescente. Il le frôle, il l'effleure. « Joue une seule note et je serai guéri. »

Je vois cet homme comme une muraille : une muraille contre la mort. Il supprime la foule, rallume chaque personne en son secret. Dans ses concerts surpeuplés, jamais plus d'un seul auditeur. Ce qui arrive là, sur terre où tout se passe, est un accident des lumières, une source de larmes miraculeuses, l'arrêt des volontés et des soucis. La pensée qui danse nue, sans mots, sans poursuite d'une vaine réponse à une vaine question. En écoutant cet homme j'oublie tout et je me souviens de quelque chose de la vie que nous avions négligée... quelque chose.

Il y a deux sortes de mort. La première saisit le corps. Sur nos lèvres blanchies, la signature de la lune, son laissez-passer pour l'autre monde dont nous avions parfois le soupçon. La main de gloire qui ferme nos paupières ouvre notre cœur. Cette mort est pour chacun celle d'un couronnement. Elle nous sort de la meute, nous innocente et nous sacre. Elle est aussi celle des fleurs qui après avoir donné leur suc de lumière fanent et se retirent dans un songe, passent très naturellement de l'état princier de prostituées à l'état d'ermite dans la montagne de soi-même.

Et puis il y a l'autre mort, celle qui advient en coupe-gorge dans les ruelles mal fréquentées du monde. La mort *dans* la vie. Les conventions. Les fleurs en plastique de l'intelligence raisonneuse. C'est de cette mort-là que Sokolov, par sa puissance, nous garde.

Ouvrir un livre, c'est réveiller la mère qui viendra enfin prendre soin de nous.

Les berceuses sont pour les enfants. Qu'est-ce qu'un enfant ? C'est un être de lumière que chaque soir sa mère abandonne dans le noir. Les berceuses sont les hymnes de cet abandon, en même temps qu'elles en sont l'antidote, le contrepoids sonore. Dors, chuchote la voix tendre, le souffle au ras des fleurs, le pollen de l'âme maternelle. Dors, entre dans le château sans porte ni fenêtres. Tu y seras plus seul qu'avant de naître et qu'après vivre, seul comme un tout petit dieu défunt.

Ma voix, cet air, cette chanson de toile sera ta nourrice dans les ténèbres. Quand le fleuve noir entrera dans tes veines, montera jusqu'à ton cœur, tu seras seul face à tes fantômes – et je serai encore là avec toi, dit la berceuse, la voix sacrée inconsciente de son règne.

Je suis gentille avec toi parce que je vais te trahir. Je t'aime et je te noie dans les ondes noires de l'univers premier. Dors mon enfant, dors, je t'ai volé ton épée et ta couronne, je te laisse à la porte des ténèbres mais j'y laisse aussi ma voix et cette chanson si pauvre qu'un soleil y luit. Souviens-toi de ma voix. Un silence la garde. Tu ne seras pas seul même quand tu seras seul.

Les berceuses sont le pur alliage de la terreur et de l'amour. Les mères de tous pays et de toutes époques se retirent sur la pointe des pieds après qu'a eu lieu le meurtre par amour : le tout-petit livré aux ricanements des cauchemars et aux brigands de la faim, en même temps que rassuré, profondément rassuré par la persistance de la voix atténuée, la bonté assassine de la meurtrière aux bras roses. Les années s'entassent et avec elles les vérités se serrent, n'en font plus qu'une. Ainsi l'abandon et l'amour.

Dors mon petit, dors. Le chant coule vers sa fin. La vague de ma main se retire de ton front de sable. C'est par ma désertion que tu trouveras l'illumination au cœur étranglé du sommeil : il n'y a pas d'abandon. Il n'y en a jamais eu. Il n'y en aura jamais. Oh la théologie des mères ! On ne sait jamais où brille le couteau du sacrifice, au-dessus de la mère, au-dessus de l'enfant. Au-dessus des deux, peut-être, un éclair dans le noir.

Je compte pour rien ma vie. Ne va-t-elle pas disparaître en moins de temps qu'il ne faut à l'oiseau pour s'arracher de la branche ? Je compte pour rien ma vie, mais pas le souffle qui la porte, l'architecture du souffle dans la nef de la cage thoracique. Ce peu d'air renouvelé à chaque seconde. Cette berceuse mise dans la chair. Tel est l'abri du dieu dont notre vie est l'haleine, et nos cimetières la crise d'asthme.

Pour bercer leur enfant les mères, voleuses géniales, se placent dans l'axe de ce dieu. Elles deviennent plus que tout quand elles chantonnent dans le noir, car « tout » elles l'étaient déjà. Elles deviennent la nature en ses secrets, la lune en ses étonnements, Dieu même dans les doutes qu'il a de lui. Le plus pauvre ne gagne jamais sauf dans la misère d'une berceuse versant son silence dans l'oreille-labyrinthe du nourrisson.

Le berceau est une fatalité à laquelle nul n'échappe. Ses voilages, ses ombres, le zèbre de la lumière des volets clos, les tonnes de silence de la mère s'éloignant – la chair et l'âme du nouveau-né en sont à jamais teintées.

Aucune voix aimée ne disparaît. Celle qui la portait s'en va, meurt, s'enfonce dans les eaux sur lesquelles des années durant elle marchait sans connaître ce prodige (vivre n'est rien que miracle), mais sa voix infuse le bleu du ciel.

Dors, mon bébé, dors. Tu n'es qu'un éclat sur la rivière et la rivière est sans fin, intarissable son chant. Celle que tu aimas jadis ne tombera jamais dans ton passé, là où vieillissent tes jouets et tes idées. Sa voix est devant toi, autour, partout.

Mon bébé-minotaure, plus tard tu reconnaîtras ce silence dans les livres et sur la tache de vin du rouge-gorge. Ne m'écoute pas moi, écoute ce silence dont ma voix dans la nuit est la servante irréprochablement imparfaite. Je compte pour rien ma vie et pour tout le poème, si on veut bien entendre par ce mot une rage de douceur.

La Bible, ce fourre-tout de vieux papiers, certains essentiels, d'autres sans intérêt, qu'un juif traqué cache sous sa chemise avant de sauter par la fenêtre, la Bible parle de Dieu comme d'une brise, mais c'est encore trop de bruit. L'absolu est ce silence qui suinte des lèvres des mères.

Ma petite momie de lumière, tes rondes joues rouges, avinées de lait blanc, je suis ta mère qui ment et ne ment pas. Si ma douceur aux portes de ton sommeil est si puissante, c'est parce que la vie m'est insupportable. Parfois je ne crois même plus en toi. Ce désastre dure une seconde. Les berceuses raccommodent ces accrocs du néant, ces déchirures inévitables de la Voie lactée. Les berceuses ne mentent pas en mentant.

L'amour donné par une mère tombe comme tombent les paravents et nous laisse seuls face à l'abîme. C'est dans cette solitude que nous découvrons notre visage. Ne pénètrent dans cette zone que les gouttes de pluie d'une berceuse murmurée par un dieu absent à ses enfants. Une berceuse dont le premier couplet tombe sur notre crâne, résonne jusqu'à nos doigts de pied. Le refrain arrive au même point d'impact. Notre chair n'est bientôt plus que gong, son âme reliée par ondes à ses ancêtres, aux corbeaux, aux martins-pêcheurs et à l'amour, cette tornade. Volets qui volent, vitres qui éclatent, lilas au cœur et bois de cerf parfumés qui percent la poitrine pour que l'avenir y saigne.

La berceuse archaïque des mères a deux temps. Un premier temps, l'éloignement. Ma voix se fait nuit pour t'accompagner dans la nuit. Sa douceur ne cache pas les terreurs de l'abîme. Elle en vient. Un second temps, le refrain. Car je suis là, encore, je suis ce petit pois sauteur du refrain et le sourire qu'il te donne jusqu'au cœur sans cœur de la nuit qui te tue. Je n'ai pas souvenir d'avoir jamais été bercé et ce manque signe pour moi la divinité des mères. Elles ont avec Dieu le privilège de gouverner par leur absence.

La mère la plus inconsciente a charge de divinité. Elle ne peut qu'échouer. Il n'empêche qu'elle aura été la représentante lumineuse de l'astre noir sur la terre. La prêtresse du soleil qui se penche sur l'enfant goudronné de nuit chante mille fois mieux que les cantatrices soûles de faux désespoir.

Les vingt-quatre préludes de Chopin sont proches du babil des bébés. Une petite mousse de notes à leurs lèvres escargotées.

Je n'ai pas souvenir d'avoir été un jour bercé et ce manque m'a ouvert le royaume de la lecture et celui de l'écriture, les deux plus grandes forces au monde.

Je sais pourquoi Rimbaud voulait la liberté libre. Parce qu'il n'était pas libre. Il voulait une liberté sans maman. Arthur voulait échapper à sa terrible mère. Celle qui comptait lugubrement les os de ses enfants.

Je bénis ma prêtresse du soleil de n'avoir pas fait son travail. Je sais très bien qu'il est impossible. De celle qui maltraite son poupon à celle qui l'étouffe en le couvrant de baisers, les mères sont incritiquables. Que ces lignes soient pour elles la berceuse que personne ne leur donne.

Feu sur Sokolov ! Feu pour le nourrir pas pour l'anéantir. Les gens de cette race se nourrissent du feu mourant de nos âmes, ils renouvellent le feu du presque rien de notre attention. Je m'assieds près du foyer. J'écoute. Ses mains de givre – l'homme semble froid – et de flamme – l'homme est volcan – tâtonnant dans le noir là où nous restons encore vivants, enfants encapuchonnés de confiance. Le peu qui reste pendant que nous nous pavanons dans les affaires du jour. Et il travaille. En nous, malgré nous. Il brasse, il broie, il jette. Nous sentons. C'est assez : comprendre riderait l'eau limpide.

Comprendre quoi ? Nous étions morts, nous voilà vifs. Et c'est l'un des nôtres qui accompagne cette sorcellerie. Je sens ses mains dans mon cœur jeter ce qu'il y a à jeter. La soufflante dignité de retrouver sa vie grâce à cette attention donnée à quoi ? Ni à la musique, ni au compositeur, ni même vraiment au pianiste, à ses mains peut-être, à ce qui se dresse au frôlement de ses doigts, avant même le contact des touches : un minuscule cheval d'air et de feu, l'hippocampe des siècles.

Mes parents n'ont fait que passer. Comme le vent, leurs quatre-vingt-six et cent ans ont duré trente secondes. Il faut attraper ces trente secondes au vol, n'écrire que des phrases douées de cette vitesse.

Pas de temps à perdre. Même si une éternité de vie et d'écriture m'était donnée, il n'en faudrait rien négliger. Je ne parle pas des minutes mais de l'essence éternelle du cœur, de la substance veineuse, ramifiée, colorée des rêves.

Puisque je n'ai plus le temps, eh bien je vais le prendre.

Pour ne rien perdre du temps, commencer par le perdre. L'affolement, les affaires brassées, multipliées, haussées en buildings de classeurs s'effondrant au sol – c'est la queue du diable qui prend feu. Non : je parle à un nuage, lui demande des nouvelles des susceptibles petits chevaux mongols.

Je demande à Sokolov s'il peut revenir dans ce chapitre, je lui promets qu'on ne l'applaudira pas – la gloire, c'est les frelons, pas les abeilles. Je regarde simplement d'où je suis, là où je suis, dans le promontoire de mon corps, au-dessus des boxeuses écumes océanes, à peine au-dessus, je sens leurs frappes sur mes jambes. Je suis la soie de mon regard qui prend les motifs évanouis du ciel. Bref, je fais ma journée ou plutôt elle me fait, me désespère et me réjouit puis, ces formalités accomplies, me remet à un très ancien moi-même, ou à un tout jeune à venir. Sokolov.

Il faut laisser le champ ouvert entre les vivants et les morts. Tenir dans le creux de sa main et entendre s'entrechoquer – et même chanter – quelques larmes transparentes en forme d'amande, assez pour blesser comme une lame de rasoir la paume où elles scintillent. La mort de mon père, en un sens, elle n'a jamais existé. Je l'aime tellement que je peux dire que cette mort n'a jamais eu lieu.

La grande énigme n'est grande que d'être petite... La petite langue fourchue d'un moineau, son bec, cette barque miniature qui transporte les plus beaux airs d'opéra.

Mais avant :

Si tu connais l'adresse d'un rosier sans épines, ne me la donne pas. Je sais déjà qu'il est faux.

Pendant que Dieu est poussé dans les chambres à gaz de la Seconde Guerre mondiale, le peintre Matisse découpe des papiers colorés. C'est grâce aux éclairs de ses grands ciseaux que les ténèbres n'ont pas définitivement refermé leurs bras sur les humains.

Tolstoï élève tout un livre autour d'un chardon que les chevaux des barbares écrasent – et qui se redresse aussitôt. Telles sont les étincelles de l'esprit qui nous tient en vie. Dieu qui bat son briquet. De Dieu j'ignore tout. Du briquet, je sais qu'il existe.

Je refuse de mettre sur l'affiche ma tête de marchand spirituel. Leur rêve, c'est un cauchemar pour moi. Je ne crois pas au père Nobel.

Si je vous suis indifférent, alors c'est que vous sont indifférents les vagabonds auxquels depuis toujours j'ai demandé d'écrire à ma place. Moi je ne fais rien. Je tends un feutre de couleur noire à un bébé saisi dans son bain d'effroi, aux moustaches d'un chat plus saintement huilées que les prunelles de l'enfant-Dieu, à la peau de léopard embaumé de Roquefort, à un caillou de La Rochelle, à un poème qui fut grand d'avoir effacé son auteur (enfin quelque chose et non quelqu'un nous parle), au chèvrefeuille qui fonce cornes d'or sur les taches de vieillesse du ciel. Mes amis. Les vrais auteurs de mes livres. Ces créatures gardent la vie en notre absence. Ce n'est pas rien. Il n'y a même rien de plus gradé dans l'azur.

Personne n'est moins seul que celui qui écrit. Toute la vie fait cercle autour du feu d'encre noire.

Le docteur Sokolov m'a fait une transfusion de Chopin. Pendant quelques jours j'ai été protégé de tout *et* ouvert à tout.

Sa main. Mais pourquoi j'écris tant sur les mains ? Peut-être parce qu'elles ne mentent jamais. Dans un atelier de luthier les violons mis à sécher, suspendus à un fil, sont le vestiaire de l'âme. Le bois est la matière la plus proche du ciel, plus encore que les fleurs : le bois parle avec les feuillages, qui parlent avec les étoiles. Ces veines au front de l'invisible, ces cercles comme d'un caillou jeté dans l'eau du temps. La musique des sphères et son orchestre de résine. Paganini, c'est l'univers dans sa totalité : la lutte entre le bien et le mal.

Le poète Mandelstam n'écrivait qu'à genoux devant une chaise. Papier sur la paille de la chaise. Ne cherchez pas à savoir ce que vous aimez. Savoir, savoir, savoir, c'est la valse à trois temps du diable. Quand même j'aimerais apprendre un jour que le poète a dédié un poème à une chaise. Il faut toujours honorer sa grand-mère. Elle a fait toutes nos guerres avant nous. Et elle les a mieux perdues.

C'est dans une librairie où une échelle de bois est posée contre un mur de poèmes. Je grimpe jusqu'à la lettre A, la poétesse russe impératrice de tous les silences est bien là, dans son nid d'aigle. J'ouvre un de ses livres, la première phrase force mes yeux, inonde mes veines, jaillit dans mon cœur. Je redescends, nimbé de neige et de cendres, que nul ne remarque. J'ai laissé le livre à sa place. Il m'a en un éclair tout donné. Pourquoi vouloir plus ? J'ai encore dans l'oreille le vrombissement des plumes de l'aigle dérangé dans sa tour de guet.

Ce matin l'infirmière m'a demandé de penser à quelque chose de joli avant l'opération. Je vais penser à des noisettes...

Ce n'était pas le monde, ce n'était pas le ciel. Ce n'était pas le jour – même si ça l'était bien pourtant – et ce n'était pas la nuit, même si les dentelles de sa chemise blanche flottaient au-dessus de mon visage. Je m'étais endormi sans le savoir ni le vouloir sur la croix plantée des quatre heures et demie d'une après-midi d'octobre dans cette petite chambre. Je ne me suis jamais réveillé, n'ayant jamais eu conscience de dormir.

Ni rêve, ni pensée – juste contre mes paupières closes et les traversant, un rectangle de lumière blanche, avec dessus, flottant comme des algues, les reliefs des jours éternels. Leur circulation lente dans l'éther était heureuse. J'étais bien. Je n'étais plus. J'étais la matière d'un poème, le soupir d'une fleur des neiges, un carreau éternel dans le laboratoire du temps, personne, tout, nulle part. J'en suis sorti comme de l'eau. Reposé infiniment, mon moi, mon corps et mon âme accrochés à un portemanteau invisible, une après-midi dans la forêt tropicale du silence. Quelques feuillets du paradis voletaient sans bruit dans la chambre.

La respiration de l'arbre devant ma fenêtre – une brise soulevant par plis une soie ocre – me lave de mes ténèbres. Pierres, fleurs, arbres et nuages nous innocentent et ne demandent rien en échange, si ce n'est notre regard sur eux, un instant si pur qu'il enflamme jusqu'au dernier cercle de l'univers.

Le charme des miettes de Montaigne au fond d'un lit. « On ne doit jamais mettre en terre ce qui en provient, c'est-à-dire un esprit. »

J'écoute le silence pour trouver ses secrets et ensuite les déchirer.

Le silence de la nuit était si pur que je me suis réveillé pour l'entendre.

Une main, c'est complexe, riche, c'est fait d'archives de caresses, de gestes d'adieu, de grammaires sourdes-muettes. La main heureuse, c'est d'arriver sans effort à l'impossible. Une porte s'ouvre avant que notre main ait touché la poignée, et nous offre cette vie qui se donne lorsqu'on accepte de n'en rien prendre.

Une pomme. J'y entre. Les parois sont fraîches, presque humides. Un petit bruit de fontaine acide, ses jets d'eau colorés : vert-bleu, sur le carrelage orange. Une lumière tamisée partout. Je m'installe... C'est facile, on peut tout faire soi-même : creuser des marches, aménager une chambre au centre de la pomme, y faire entrer quelques livres, rêver, écrire. La pomme repose dans une assiette, l'assiette sur la table, et la table vogue dans la nuit étoilée. J'entends quelqu'un venir. Je crains le pire...

Toute parole vraie tremble comme l'aiguille de la boussole tournée vers son nord adoré : impossible de la désorienter. Elle revient à son amour lointain à chaque fois vibrante. Le cœur (vieux mot, vieux sac, vieille prière) est cette boussole. Toutes les preuves de notre effondrement sont là, et la vie par-dessus, par-dessous, timide, attend notre retour et n'en doute pas.

Assis en silence dans ma petite chambre d'hôpital, je m'attends moi-même. Le souffle de l'arbre devant ma fenêtre me lave de mes ténèbres. L'innocence est hors de nous, devant nous. Fleurs, arbres et même pierres payent par amour le prix le plus cher, nous innocentent et ne demandent rien en retour. Un regard d'une seconde sur eux embrase jusqu'au fond de l'univers et nous délivre de notre dette.

Ce matin les nuages ont changé de race, de campement. J'ai pensé à la grande délicatesse de la vie. L'amitié subtilement déclarée de tout. J'avais l'impression que tout avait de la délicatesse pour moi, même la jungle des tuyaux. Le pot d'urine comme du beurre fondu. L'infirmière et son chariot de dossiers, comme une marchande de quatre saisons.

Rien de plus ressuscitant que le bruit d'un marteau contre l'air – car de la fenêtre où je suis, je ne vois pas les planches ni le charpentier, j'entends seulement sonner le sein de Dieu et l'air à chaque coup répandre mille parfums d'ondes. Ce doit être le jeune Spinoza qui cloue un peu de soleil sur un peu de bois. Au régal de l'infini.

La ferme est une image irrévélée du paradis.

Le tablier de cuir du maréchal-ferrant est une perfection. Le sabot du cheval – cette minuscule pente douce aux fesses qui la dévaleraient – tenu entre la cuisse brune du maréchal-ferrant et sa main armée de lime est une perfection. Le fer remis à neuf, arc de triomphe du ciel, est parfait. Qui aurait vu cela connaîtrait tout de la vie sans rien pouvoir dire d'autre que : confiance. Absolue confiance. Amitié de l'un par l'autre, de l'autre par l'un, poursuite des chantiers du paradis qui ne seront jamais clos.

Malade que j'étais dans un petit hôpital de campagne, la première amour me rendait visite en secret. Voyant ma gorge étouffée, remplie de paille, elle me dit : « Nous deux on n'a même pas la peine de se parler pour s'entendre. » Et la seconde amour, même de loin, même de dos, *même en mon absence* m'entend et me comprend. Il y a dans l'amour une information qui vole plus vite que la lumière, indéchiffrable par tout autre que son destinataire.

Avant, j'étais un mimosa qui ignorait sa couleur jaune. J'écrivais sans aucun souci de plaire. Puis le monde m'a tendu un miroir et je me suis miré dedans. J'ai voulu faire ce qu'on attendait de moi. Alors Tu es venue et tu as brisé ce miroir. Tu m'as rendu au secret du langage. Je suis redevenu l'inconnu que j'étais pour moi-même autrefois. Malgré l'hôpital, il y a une joie qui est là, qui repose sur le fait que tu m'as réellement VU.

Ta passion de la vérité et ton rire ont balayé ce qui me séparait de ce qui en moi est plus profond que moi. Ton regard glisse lentement sur le fil qui sépare le visible de l'invisible, puis le coupe. Tu crées des maisons de respiration. Ah c'est tellement difficile à dire sans tout casser ! Elle est précieuse, la vaisselle de l'invisible... Tu parviens à réaliser notre rêve : l'imperfection, cette splendeur.

La première amour m'a retenu de mourir – chose si facile pour un homme : tu prends la hache et dans la forêt de ton souffle tu tailles, tu frappes, tu coupes. La seconde amour me poussant sur les routes, Toi, réservée et princière, donatrice, tu m'as réappris à vivre, miel et vinaigre, roses et tambourin, goutte à goutte, âme à âme. Je sais ce qu'est une vraie femme et que même Dieu est petit à côté.

Ô sommeil, non-sommeil, quand reviendras-tu me parler de ma seconde amour ?

La plus belle chose que j'aie vue sur terre était un feu sous une pluie battante, que la pluie loin de réduire exaltait. Le feu riait de toutes tes dents, de tous tes yeux. C'était Toi ! Les images en papier sont vraies aussi mais il leur manque de donner à voir ta bravoure d'insistance, ta manière de tendre ton arc au risque de le briser, tes épuisements qui ne seront jamais tes maîtres. Je dois, dis-tu, éclairer bien plus loin que moi-même – qui m'arrêtera ?

La pluie semblait complice de ta folie. Plus elle te criblait de ses lances, plus tu exultais. Les flammes montaient et descendaient, comme cette couronne du sacre tenue entre ses mains par Napoléon le faible – qu'a-t-on besoin de pourpre, d'invités, d'or, de cuivre, de cathédrales pour faire valoir sa future tête de mort ? Je regardais, tellement plus simple, ton âme en feu monter, descendre, la vie te couronner, et pour toi seule signer ce contrat par lequel jamais mourir ne t'atteindrait.

Le plus beau fut de voir ce contrat englouti par les flammes et s'élever ce poème dont l'éclat acide montait à tes lèvres, tes yeux : « Que m'importe de vivre éternellement si je n'ai pu tout donner de mon âme affolée de servir ? »

Cette vision – toutes les visions sont réelles et c'en était vraiment une, un bouquet de flammes dans un nid de pluie blanche – je l'ai gardée près de moi. On peut retenir près de soi ce qui n'appartient pas au temps, l'emporter là où nous irons un jour, sentant notre âme se diviser d'avec notre corps comme avant notre naissance, chaque part regagnant le silence qui lui est propre. Entre mes doigts futurs, ce feu plus humble que le riche buisson ardent des livres saints, un jaillissement dont chaque étincelle dit ta race, ta force, ton Dieu.

Je t'attendais depuis toujours, si intensément que j'ignorais t'attendre. La première amour m'a préservé de l'argile des conventions qui en durcissant tourne à la pierre. L'autre – la première, bénie soit-elle, n'était que son annonciatrice charmante avec ses joues de pommier et ses timidités aimantées –, l'autre c'était Toi, le merveilleux achèvement d'un livre qu'on devine dès la première page et que cette page, de cascade en cascade, finira aux pieds de Dieu, et même ne finira jamais.

Je te regarde et je te vois par chaque instant recréée. Tu es unique au point où même les uniques te jalousent. Tu as rendu des ouragans fous de toi. C'est ta paix qu'ils envient. Le calme de ton sourire qu'ils convoitent. Il n'y a pas un jour, pas une heure où je ne sois balayé par le phare de ton sourire.

La voiture roule dans la nuit à travers la France. Villages de nains. Demain La Rochelle. Les masques vénitiens des mouettes de La Rochelle. Après-demain ailleurs. Homéopathie gitane – un courant d'air ici, une flamme qui joue à saute-mouton...

Dans la voiture qui traverse la nuit d'une France accablée de trop riche histoire, tu souris en écoutant une chanson populaire. « C'est si dur à écrire, un air pauvre... »

T'entendre, c'est comme apprendre une bonne nouvelle après sa mort. Ta voix de campagne claire au lever du jour, ta voix de première fleur atteinte par le rayon du premier soleil... Ta voix est si douce que je laisse sur place ma mort et mon éternité.

L'image du chanteur apparaît comme celle d'une pièce en or frappée à l'effigie d'un roi, qui, soudain sortie de son cadre, se détache du métal, vit et vibre vers nous qui l'écoutons. Une sensation infinitésimale de l'exil, du deuil, transmuée en chant tragique pour notre joie, roulant comme des galets dans l'eau violente du Temps. Holding back the years. Charles d'Orléans – Simply Red.

La première rencontre, c'était dans la nuit du monde. As-tu jamais remarqué qu'il fait toujours froid dans le monde, et nuit dans l'amande des cœurs ? À une sortie-entrée du jardin du Luxembourg, je t'ai reconnue au sourire. L'Agha Khan des sourires. Tous les diables s'y seraient cassé les dents. Inimitable le céleste et paisible. Près de nous – c'est à n'y pas croire –, une petite troupe d'enfants trisomiques chantait. Le ciel rougissait d'être atteint dès la première note. Puis les petites bougies humaines de Mongolie intérieure repartirent en chantonnant dans la ville que leur maladresse seule rendait sainte.

Je venais des Enfers du Creusot. J'étais une valise avec plein d'étiquettes collées dessus : marteau-pilon, montagne des boulets, agoraphobe, poète-pèlerin sans chemin, idiot de tous les quartiers. Tu m'as parlé : la valise a disparu.

Je crois que j'ai trouvé le fond de l'amour. Grâce à Toi, à ta Passion, à tes ruses d'Agneau, Dieu comptant sur ses doigts et se trompant toujours.

Riez, riez si vous voulez. Le cynisme, l'indifférence, les décorations s'enfoncent dans le néant d'avant le néant. J'ai touché le fond de l'amour et mon cœur est devenu forge.

L'amour est cette intelligence où il n'y a plus d'un côté un objet à contempler, dont on pourrait s'enchanter, et de l'autre un sujet ahuri par tant de grâces qui tend les mains pour en recevoir plus. L'amour est une intelligence unique qui s'engendre sans fin. Quelque chose comme la tourterelle muette que je viens de voir fracasser en se posant un rameau d'arbre. Elle ne l'a pas vraiment fracassé, elle l'a secoué définitivement de ses prétentions, de ses ombres, de ses douleurs et cette secousse salvatrice durera un peu plus longtemps encore que la sonate de Schubert traversant la vie pour s'éclairer plus loin. Dans la mort, qui serait suspension de tout ? Non, pas dans la mort. La vie n'est qu'Une.

Assieds-toi. Je veux te parler d'une énigme simple. Les aventures du dehors sont si pauvres. Je veux te parler de l'énigme du sommeil de la personne qu'on aime, dans une pièce à côté. Un ange qui reconstitue sa force de lumière ? Un poème de chair et d'os ? Tout est contaminé par la présence-absence. La maison avec ses boucles d'oreilles de lampes retient son souffle. La pauvre lampe aux tournesols qui vaut trois sous et un sourire. Le long repos en spirale des chats, ou celui agité de fantômes des nouveau-nés enchante et inquiète la maison de la même façon. La rotation de la terre se fait plus lente. Dans la nuit, les étoiles ont un étonnement jaune. Quelqu'un dort paisiblement au-dessus d'un abîme. Paupières scellées à la cire, tranquille infiniment.

L'incroyable confiance que suppose une heure de sommeil. C'est la figure d'une croyance qui n'a nul besoin de se dire ni même de s'éprouver. Nous dormons adultes sur les genoux de nos mères mortes et enterrées. Dans la pièce à côté une divinité humaine se repose et la maison se tait religieusement, retient le craquement de ses bois pendant que circule très lentement dans toutes les pièces la sainte procession du silence de l'amour, et cette brise rose à tes lèvres entrouvertes... Toi, ton sourire résistant comme une lumière sous la porte, quand tu fermais les yeux parce que l'Univers pesait de tout son vide sur tes paupières.

Ils savaient, les gens du douzième siècle, qu'un enchantement n'est pas que suave, qu'il y a toujours une face d'ombre. Aussi troublant que l'homme en pleine santé soudain pris par la bourrasque d'une envie de mourir, le corps de l'Amie assoupie en travers du seuil de l'Éternel.

Tu es la Reine de la vie. J'écris pour ton cœur rayonnant où chacune des étoiles de l'univers vient trouver source et force. Tu tiens la brasserie de Dieu. Tu sers des bocks de lumière. Tes yeux dressent des passerelles jusqu'à d'autres yeux – et c'est un étranger qui passe – ou un absent. La signature dans l'air de la personne. Comment se mouvait le bateau de chair, quel drapeau flottait dans ses yeux. Le trait minuscule qui contient tout, le sillage du parfum d'une présence, qui la prolonge, ton âme le VOIT.

Tu es une meneuse d'hommes. Celle qui mène les hommes à leur mieux. Avec toi c'est comme si je dépliais une carte d'état-major dans le ciel. Tu as une compréhension infinie de cette vie, comme si tu n'étais plus sur terre et que tu n'étais pas mêlée aux combats de ce monde. Tu comprends même la lame dans l'ombre. Parce que je connais ta puissance non charnelle d'engendrer et ton amour surnaturel du vrai, je ne veux pas redescendre dans le sentiment : il faut donner la vie en écrivant, sinon ce n'est pas la peine.

La royauté du monde n'est rien comparée à la magnificence de ton amour pour moi. Tu allumes toutes les vitres éteintes de la maison, tu fais de ton cœur un château de Versailles pour celui que tu aimes. Tu fais entrer le soleil dans toutes les pièces. Tu invites même la mort à danser. Tu transfigures un logement morne en une caravane en bois de rose. Tu plantes une allée de roseaux sauvages dans le salon. Tu aides Dieu à compter l'argent qu'il n'a pas. Tu fais en sorte qu'il n'y aura plus jamais quelque chose d'immobile pour moi, même ma mort.

Les prophètes sont les vrais poètes. Ils lisent dans la main de l'avenir. Les autres sont douteux. Quel scientifique fut jamais plus lucide qu'un prophète ? « L'homme se retrouvera en face du soleil dans la situation d'un être qui, privé d'atmosphère, serait exposé sans défense au rayonnement cosmique. » Ernst Jünger. *Journal*. 1943.

Cette nuit, j'ai revu en rêves ceux qui n'ont pas de visage mais un carnet d'adresses. Défaits par leur mépris nous étions venus les mains vides. « D'habitude nos amis nous amènent des cadeaux ! Regardez ce que nos *vrais amis* nous ont amené : *un sac de voyage en peau de griottes ! C'est extraordinaire !* »

Plus tard, j'ai eu des hallucinations : un lion à trois têtes avec un corps de saurien, une chenille à crocs qui s'apprête à mordre de tout petits objets (fixations d'une manivelle de store, latte de parquet qui soudain se relève, devenant un serpent dont la langue morne terrifie le monde) qui s'animent méchamment et me regardent avec des têtes du Moyen Âge qui veulent ma peau, ne veulent pas que je vive... On dirait des gens du Bien !

Même si je sais, au moment où elles arrivent, que ces visions sont dues à une substance légèrement opiacée, je sais aussi qu'elles veulent me révéler amicalement ma vérité profonde, pour me sortir de l'aveuglement qui m'a conduit là où je suis.

Toi et moi, on était des choux à la crème pour les méchants. Si tu meurs, tu ne vivras jamais dans le passé. Tu vivras avec moi exactement comme aujourd'hui. Nos jours seront neige sur neige.

On s'endort, comme deux grosses poupées dans les bras l'un de l'autre. L'arc de ton sourire touche aux deux bords du monde.

La petite tribu des taoïstes s'est engouffrée dans la chambrette et nous avons bu un grand verre d'air à la santé de la vie qui s'enfuit.

Les taoïstes ont tout : la vertu, le vide, le ciel, la terre, le bol de riz et même de rien, le vide encore (oh, la fleur qui en jaillit !), le silence, les coups de bâton sur mains et nuques, le fil d'or du sourire, ils ont et même ils *sont* tout cela et bien plus, et ils prennent le tout et le lancent par terre pour que tout éclate comme de la vieille porcelaine. Oh, si bienfaisants !

Tu ne réponds jamais quand je t'écris. C'est la plus belle des réponses. La grande énigme n'est grande que d'être petite... Pardonne-moi, je te tutoie – ce qui ne réduira jamais la distance entre toi et moi. Je te parle du fond du tombeau où tu m'as mis.

La nuit enveloppe ma tête de papier cristal comme un objet précieux... Fixant le carrelage de ma chambre – des planètes blanches ou brunes sur un fond orangé –, je vois peu à peu se former un cosmos où ces planètes naviguent lentement – à moins que ce ne soit mon propre souffle qui soulève ces astres, s'accordant à leur donner vie.

La passerelle qui mène de la nuit au jour craque et tangue au vent... Je m'accroche aux rideaux, qui eux-mêmes s'accrochent aux étoiles, qui elles-mêmes s'accrochent à leur point de naissance, et tout résiste merveilleusement – car il n'y a jamais eu dans le ciel, dans le monde et sur terre que ce qui est sur le point de naître – ni passé, ni présent, ni futur –, juste le fait que nous respirons à l'unisson partout, triomphe du visible-invisible, sous nos yeux, juste là.

Le mariage d'amour est l'acte angélique absolu. Même les criminels et les idiots en rêvent.

La main de l'argent presse le citron des foules. Ils attendent, ils attendent, ils attendent. Ils attendent Noël, un bon de sortie, une promotion au crabe d'honneur, un spectacle. Ils attendent tout, mais derrière le paravent du tout : un visage sillonne dans l'air et les rumeurs des fleurs. Une bonté dont les angles sont durs et le cœur un lac renversé : un humain.

Les alliances ont la forme circulaire de l'univers. Une harmonie parfaite, à la seule condition d'être portées par deux personnes qui s'aiment plus que profondément, plus que sentimentalement, et infiniment plus que socialement.

Sans ces unions qui se font tous les jours, la sphère ne pourrait pas se former et ce serait le chaos. Mais il suffit de deux alliances et d'un amour vrai pour que tout soit préservé.

On peut dire également, sur un plan enfantin, que nos deux alliances rejointes sont les deux yeux de chat du divin, qui dans la nuit nous sourient...

L'intelligence de ma vision se brouille. Je me demande quelle est la différence entre une pensée et une pomme de terre. J'ai une boule d'idiotie qui ne me quittera jamais.

Je suis une tour d'un jeu d'échecs qui sent deux doigts la pincer pour la coucher avec indifférence sur le bord de la table. Perdu, ma vieille. Tu as perdu ton poids de rayonnement, un pion a saigné ta puissance en une seconde. Je me souviens de la beauté des voies offertes à moi, stratégies, patiences, éclairs, un combat pour le roi dont j'étais l'amante chaste avec ma sœur jumelle. Nous faisions peur de ne jamais apparaître au premier plan. Me voilà vide et nue et vaine. Et comblée d'être sortie du jeu pour entrer dans le jeu plus grand de l'embrassade des lacs verts sous la terre à celle des étoiles rouges à naître.

Mille milliards de diamants, les démons n'aiment pas du tout ce que je suis, ils ne cessent de me torturer !

Je sens une main d'ombre qui me plaque contre la terre. « Tout se passe très bien. Comptez-y : vous serez chez vous pour Noël... » Phrase typiquement littéraire !

Les voiles du temple se déchirent. Je ne sais pas ce qu'est un temple. Demandez à un escargot, il vous le dira.

La coquille de l'escargot n'est pas sa maison. Elle est son énigme *caravanée*, la spirale des univers que l'escargot nomade, à deux mètres à l'heure, transporte pour le plaisir des enfants, qui sont les vrais savants.

Je parle bien sûr des vrais sauvages. Ceux que le monde ne corrompra jamais parce que leur cœur est aussi pur qu'une fraise des bois.

Un jeu d'échecs n'est sublime qu'à deux instants : quand rien encore n'est déplacé, qu'un bourdonnement parcourt les armées ennemies et que les deux reines lancent leurs œillades dans tout le salon. Le deuxième instant est dans le petit sablier de souffle brisé d'un pion sur le côté, dans les ultimes tressaillements des pattes d'un cheval-étoile abattu, et dans l'éternel silence d'une reine morte de trop d'hésitation. J'arrête là. L'issue du combat ne m'importe pas. Toute victoire est hideuse.

Je ne sais rien de Rimbaud. Je sais seulement que je l'ai connu personnellement. La gloire est le plus perçant des cris de douleur.

Nadejda Mandelstam qui veille son mari poète, illumine son chemin, devient les gouttes de sang lumineux indispensables à son système sanguin – et quand son homme meurt dans un camp de Sibérie, elle creuse la glace des calendriers, ces moulins à prières du diable, sort son homme de l'oubli, recopie tous ses poèmes, par centaines, appris par cœur pour les protéger de la police, avalés pour les tenir au chaud contre ses joues. Elle nous donne à voir mieux qu'un soleil ou un prince : un humain.

Sokolov en vérité ne se déplace jamais. Il reste à la maison, envoie ses mains en délégation. Des dizaines de mains archéologues. Grattant la terre rouge d'un silence pour en extraire les dieux anciens, ceux qui ont passé l'épreuve du feu, nos sauveurs.

L'aigle de l'écriture va arriver, avec son immortalité planante et fauve.

Ils ne pourront jamais arrêter l'écriture, parce qu'on est entrés dans une période encore plus féroce : le samizdat, ce modèle de l'écriture libre en l'absence de liberté. Ce feu plus tremblant de l'écriture manuscrite, communiqué par un ange dans les ténèbres du monde.

La poésie ne supporte pas la moindre injustice. Ne publiez plus, interdisez et sanctionnez toute pensée personnelle, vous n'empêcherez pas les nouvelles catacombes, refuges des âmes simples et pures, d'être plus illuminées que le plus riche des palais.

Trouvez-moi quelque chose de plus beau que l'écriture, bande de chiens !

Pour le reste, ce qui m'éblouit le plus, c'est quand, avec une lenteur violente, Sokolov enfonce une touche pour mettre une note au tombeau après qu'elle a sonné, et ce ne sont pas les ténèbres, mais la puissance de la vie lumineuse qui sort de cet étouffement.

Sokolov ferait-il partie de la tribu invisible des morts ? Car l'invisible est riche à ne plus savoir quoi faire de ses lumières.

Dernier arrêt ! Misère ! Il faut écarter aussi toutes les distractions. Non pas celles argentées, industrialisées, qui prennent de plus en plus de place. Cela s'appelle le monde. Si nous y entrions (et nous y entrons souvent par lassitude) nous verrions que le monde est un système de serpents qui ne cherche qu'à nous faire les poches après avoir construit une image de nous-mêmes hideusement sympathique, jeune, lisse, fortunée – etc. Non : je parle des distractions non commerçantes, non tristement pourvues.

Trop de silence, trop de crainte d'écrire le premier mot – des choses comme ça. Pour écrire un beau livre, il faut juste être au rendez-vous. Il faut simplement dire les choses directement comme elles sont. Un vrai livre doit venir à la vitesse de la lumière, avec les « mauvais soins » (rayures permises, mots idiots permis). Nous sommes loin, très loin de toute perfection d'un jardinier auquel personne ne croit.

Il faut éloigner beaucoup de choses, beaucoup, pour écrire un livre fort – je veux dire un livre qui s'envole et va non pas aux cieux qui sont purs et illisibles, mais auprès de qui en a vitalement besoin. Il faut d'abord éloigner les anges et les dieux, qui existent peut-être, qui n'existent peut-être pas. Quand je dis ceci, je sais très bien qu'ils existent mais c'est par respect d'amour que je parle ainsi : je les aime, je sais qu'ils n'aiment pas être assignés à résidence, ici, ou là. Laissons-les s'éloigner, s'ils doivent revenir ils sauront bien le faire, ce sera à leur manière – jamais à la nôtre. Je ne suis pas de ces théologiens normands qui disent « peut-être ben que oui, peut-être ben que non » – faisant de la vie une gare détruite.

Les grandes intensités vivent en nous, malgré nous, en silence. Elles ne supportent pas l'épreuve. Le ciel – rien d'autre.

Nuages de Django Reinhardt est sans doute la plus grande œuvre métaphysique jamais conçue. Les autres ont contre elles la prétention de « résoudre » quelque chose. Mais « résoudre » quoi ? Nous ne savons même pas ce qui se présentera à la seconde suivante, d'une présence qui bouchera toute la porte – ange ou fauve, abîme ou victoire. Même vieux nous sommes trop jeunes pour comprendre. Nous ne savons même pas ce qu'est « une seconde ». « Trop jeune », c'est courir sur les tessons du temps en croyant que si on va assez vite, on ne sera pas blessé. Les doigts manquants de Django ne manquent pas. Ils jouent. L'irréparable chante – imagine-t-on une insolence aussi douce ? Une réponse sans réponse aux feux de toutes les questions. La musique c'est du courage, rien d'autre.

J'irai boire un café sous les arcades de Marciac. Nous boirons dans la *même tasse* cet or noir et brûlant. Je ne lirai pas le journal. Les nouvelles sont de vieilles araignées. C'est la *même guerre* qui est menée sur terre et *en même temps* dans le ciel et en chacun de nous à notre insu.

Il y aura autour de nous des chérubins, des rois, des reines, des dieux. Oh, ce seront des figures naïvement peintes sur de la tôle ondulée, je n'ai pas les moyens pour plus. Et je réécrirai sur la table un poème pour te remercier d'être venue de si loin – il n'y a pas plus loin que le fond de notre cœur – pour me sauver de moi.

Demain je reparlerai de tes yeux, chemins douaniers de l'âme. Ou d'autre chose. Tout contient tout. Tout délivre tout. Faites un livre avec une seule phrase ou avec dix milliards de phrases, ce sera le même. Le seul portrait est celui qui ne se referme jamais – comme la vérité.

Les nuages sont mes cousins. Et mes maîtres en écriture. Et même mes médecins. Leur vitesse, leur lenteur, leur ombre doucement versée sur terre, leurs colères, leurs franges de cheveux qui résistent au coiffeur, leur nombre jamais écrasant, leur absence comme les yeux du chat dormant, leurs gris, leurs pourpres, leurs alliances toujours défaites, toujours refaites, et comme ils parlent de Toi, comme ils murmurent quelque chose de ton cœur à mon cœur, comme ils me laissent de Toi une lettre au passage, et le soleil couchant qui nivelle un instant leur état de fils des étoiles, du feu et de l'amour martyrisé, leur sacre de martyrs qui ne se plaignent ni n'accusent, qui planent, c'est tout, au-dessus de nos petites destinées, essaient de nous mener à eux, y réussissent parfois, les nuages pain des yeux, communs aux pauvres comme aux riches.

Range tes ailes, cache-les sous ton manteau. Tu n'en as pas besoin pour voler. Tu n'en as jamais eu besoin. Ton visage est la piste d'envol des aigles. Tes yeux, le monde meurt avant d'y entrer. Infranchissable la prunelle de tes yeux. Un vif-argent. Que le bleu menteur de naissance jamais ne percera.

Enlève tes ailes, serre-les sous ton manteau. Tes ailes sont dans tes yeux et tes yeux sont dans le bleu lassé de mentir, le seul, le bleu du saint qui n'a pas même une pierre pour reposer sa tête.

Je n'aime pas les faire-part. Pourquoi nommer untel, frère de ? Pourquoi, dans un dernier feuillet, se rendre ? Le prisonnier s'est évadé, c'est tout.

L'été n'est pas une saison tendre, sauf quand chaque soir – comme cela arrive aux mourants – il nous donne le meilleur de lui-même que cachait son intolérance bleue : un ciel rempli d'étoiles dont chacune est un baiser à nos âmes fatiguées.

Le soleil est un chien qui mord le passant. La lune est l'indulgence même...

La grande douceur de se parler les soirs d'été sous les guirlandes d'un restaurant en proche faillite, au bord d'un lac. Toute notre vie comme un sac posé à terre et ça fait « boum » tellement c'était lourd – mais ça ne l'est plus pour ces quelques secondes qui éclatent en bourgeons de loin en loin... Le sentiment du cœur léger, il ne faut pas trop en parler, je le sais : un paranoïaque est d'abord quelqu'un qui se méfie de lui-même. Tout le reste en découle.

Écris, glane, vole, mais fondamentalement ne fais rien. La poésie est une famille de pauvres en promenade avec leurs enfants aux yeux plus ronds que le ciel.

Tout nous sera donné pour prix de notre discrétion.

Artiste est celui qui soumet chaque heure de sa vie à un inexprimable. Pas de vacances pour ces gens, pas non plus de travail, juste le servage de l'Absolu.

Les mains preneuses brûlent comme de l'essence.

C'est par une parole qu'on fend la mer Rouge en deux, et qu'on la traverse sans être mouillé d'une seule goutte : tu vivras à Marciac et moi je serai au cimetière. Ensemble nous continuerons notre travail. C'est plus beau de terminer le travail qu'un dieu nous a confié.

Il ne faut pas renforcer ses points faibles, il faut renforcer ses points forts. Tu écriras sur mes bons poètes, j'écrirai sur tes beaux Gitans. Gitans et poètes c'est pareil : ce sont des humains. Je serai plus présent que jamais. Je t'aimerai jour et nuit.

On fera du cimetière le nid des amoureux. (Il y dort – et même ronfle – un poète-hibou.) On y vénérera aussi le carré dit des « indigents ». Des croix plantées dans une terre légèrement bombée, comme si les affamés avaient enfin trouvé avec l'éternel de quoi remplir leur panse.

Le silence est le maître des tombes. Il a pouvoir de soulever la pierre, de prendre par la main le dormeur éternel. Le silence est ce qui relève les vivants. Ce silence qui sort d'un petit panier en osier ou de l'écartèlement du vide entre deux notes de Chopin – ou d'un vers de Charles d'Orléans.

On ne sait pas ce que deviennent les notes de Chopin quand leur ultime vibration s'éteint, à quelle ultime formation d'étoile nous venons d'assister, qui s'éloigne à toute vitesse.

Il y a une chose qui n'est pas vaine, peut-être, c'est d'écarter le Temps pour écrire un poème.

Il faut entrer dans un poème quand le poète est mort. Sinon, cela fait trop de bruit, comme d'éclairer soudain le poulailler. D'ailleurs, il ne faut entrer dans rien. Il suffit de s'asseoir auprès d'une fleur dormante ou mourante, c'est la même énigme.

Jamais vous ne triompherez, hommes destructeurs de vous-mêmes puis de tout, jamais vous n'empêcherez le pêcheur de Palestine, l'enfant au nez crotté du Golgotha, la chèvre de l'Afghanistan, la petite mère percée plus que la Vierge du Golgotha, l'enfant trop sage parce que abandonné dans le rectangle de l'école – jamais vous ne les empêcherez de lever la tête là-haut dans le ciel, et de contempler le troupeau qu'ils ont, le silence des touffes de Dieu arrachées et hautes là-haut, les roulades, les cavalcades sans montures, la joie radicalement épouvantable et sublimissime d'être là, sur terre, en même temps que là-haut, là-haut, oh mes cousins les nuages !

Les mains s'éclairent quand elles touchent un livre. Une petite chapelle humaine se dresse dont les limites sont celles du corps. Le vent qui tourne les pages le rafraîchit. Le livre refermé elle disparaît.

J'ai perdu l'image de ce condamné à mort, en Chine. Dans la file des hommes fusillés un à un, il tenait ouvert un livre dont il ne voulait rien perdre, si absorbé dans sa lecture qu'il avait oublié le poteau d'exécution... Défaite éclatante du désespoir !

Pour le reste, il suffit d'avancer mécaniquement, de coller à l'exécuté futur qui nous précède, sans déranger la file – pour toucher l'éternité que, dans un piano, un livre, un visage adoré – et l'écriture – on trouve. Aimer est sans limites.

Le Temps est venu d'être félicité pour ce qu'on n'a pas fait, pour ce qu'on n'a pas détruit, pour notre amour des fleurs sauvages, qui avec les cris du cœur ont seuls puissance de nous guérir.

Fie-toi aux fleurs ! Toute fleur est une goutte de courage, une transfusion de couleurs dans nos veines flétries de ne croire qu'aux ténèbres. Ce n'est rien, mais c'est un rien imprévu qui fait vibrer l'air autour d'un point d'humilité.

Les fleurs commentaient le ciel bien avant les premiers textes sacrés. Leurs apparitions ont depuis toujours répondu à Darwin, seul homme qui descendait du singe, évoquant l'abominable mystère des fleurs.

Liserons, capucines, églantines, ce qui se joue autour de ces pauvres enfants, c'est l'affaire du nihilisme, son haleine chargée du « À quoi bon ? ». La réponse tremble sur les lèvres du peuple des fleurs, ce léger souffle avant de parler, cette timide présence de l'éternel au cœur du périssable. Une lettre d'amour anonyme.

Le Maître est le plus perdu de l'univers, c'est ce qui rend sa beauté inégalable.

Moi-même, qui comme un nouveau-né ne suis que regard, j'ai force et grâce de donner en écrivant ce regard que je cherche partout.

Demain ne m'apporte pas de fleurs. Je ne veux pas qu'elles soient tristes.

Ce matin, je me suis réveillé avec une armure. Une armée va se lever et moi je suis en face. Ce que j'ai est lourd, mais ce que je suis est très léger. Son ombre n'aura aucun poids.

Ne maudis pas cette nuit-là car elle lave toutes les nuits du monde. C'est la beauté de la vie qui s'en va et c'est très beau.

Je repère le tout petit pli inquiet de tes yeux, et j'y installe mon hamac pour la nuit. Je suis comme un fakir au-dessus de ma douleur. Je baigne dans un sourire que même aux Indes on ne connaît pas.

Je suis coloré et confiant comme une barrière de corail. Je suis faible comme un palais dans un nuage. Et je tiens à un souffle que je ne laisserai personne couper.

Je suis plus vivant que la plus vivante des fleurs. Je suis comme un chevalier du Temps avec la forêt qui brûle.

Tu es ma femme comme aucune femme ne le fut jamais pour un homme. Je suis ton compagnon du Moyen Âge et des siècles à venir.

On est en train de triompher hors du monde, grâce à cette bande d'assassins qui nous ont battus comme du métal chauffé à blanc – et qui du coup nous ont donné une épée impossible à rompre.

On va sauter par-dessus ce siècle-ci, car il est trop horrible. J'ai fait la liste des miracles qu'on a accomplis ensemble. Ils sont innombrables mais celui-là est le plus grand.

Appeler, écrire, lire sont le même verbe. J'enlève tout ce qui est inutile pour que tu m'entendes. Je m'enlève moi-même.

Rien n'égale ton amour. J'ai tout vu mais je n'avais jamais vu ça. Je sais que Dieu existe puisque l'homme l'a créé, et que tout ça est assez simple – et c'est par toi que je le sais.

Je n'ai jamais été autant aimé de toute ma vie. Tu m'aimes tellement que, même mort tu vas me sauver. Se séparer quand on ne fait qu'un, c'est dur pour des nouveau-nés comme nous. Mais on partage un monde alors on est invulnérables.

Le cachemire mité que chaque soir tu poses comme neige sur mes épaules durera bien plus longtemps que la muraille de Chine.

Ne crains rien : nous avons depuis toujours dans notre jeu une carte que les autres n'ont pas : c'est la carte du Fou. Il est rare qu'un fou dise la vérité, mais il la dit, même rarement. Un homme sensé jamais.

Les os qui scellent le crâne du nouveau-né, ce marais qui attend de se clore lui-même, et de clore l'individu, s'appellent la fontanelle. La fontanelle des morts se rouvre et tout l'univers que nous imaginions au-dehors – lunes, oiseaux fabuleux, soleils, suppliques inaudibles et planètes orphelines – se réengouffre dedans.

Riez, riez si vous voulez. Si je ne sais pas ce que je dis, vous, vous ne savez même pas – ou plus – ce que vous êtes. Je résume : les étoiles ne tombent pas du ciel.

Viens, ma Vénérante ! J'ai les mains plus larges que la muraille du monde. Je les plonge dans tes cheveux ! Le plus grand bonheur que j'aie connu depuis cinquante ans, c'est ta joie devant ce que j'écris. C'est ta compréhension absolue de mon cœur et du monde.

Enveloppe-moi d'un doux silence ! Par exagération merveilleuse du cœur on devient soi. Si je t'ai blessée une seule fois depuis notre rencontre, je te demande pardon depuis le jour où je suis sorti de la maternité.

Quelle douceur, mais quelle douceur ! Chacune de tes visites est un bain lustral. Je ne suis pas dans l'optimisme ou le pessimisme : je suis dans le cristal de la pensée.

Quelle élégance ! Je sens le toucher de ta main aérienne, le silence qu'elle fait entrer de mon épaule charnelle à mes os, de mes os à ma vie éternelle déjà là.

Il faut que tu saches que je trouve tout merveilleux, y compris la douleur, parce que tu es le sommet de la merveille qui n'en finira jamais.

Tout est parfait. Toi et moi on est au cœur des poèmes maintenant. La nuit qui s'annonce est sacrée. Elle est plus belle qu'un couronnement royal. C'est une nuit unique.

Ça y est, on est en route pour Marciac ! Nos plus beaux jours sont devant nous. La brièveté est gage de salut. C'est en se quittant qu'on se dit tout.

Je suis au bout du langage. La poésie n'est rien, l'écriture n'est rien, la musique n'est rien. Mais ce qui n'est rien ignore la mort. Les larmes et les sourires sans cause survivent à la fin du monde. On va vers des jours extraordinaires.

Nous ne descendrons pas l'escalier de tristesse. Plus vite que la vie et plus vite que la mort, je te retrouverai TOI. Nous tourbillonnerons dans la lumière.

Le vol magique des étourneaux, seconds violons du ciel. Quand ils rencontrent un obstacle – comme d'un roc qui dépasse d'une rivière –, ils scindent en deux cette masse de grâce sans se heurter, vite recomposent leur amitié après le franchissement de l'épreuve. Cette passe s'appelle « le murmure ».

Quand tu mourras notre amour se recomposera. Il se recomposera dans le ciel rouge, comme le murmure des étourneaux après le franchissement de l'obstacle.

Sur le roc de la mort nous serons deux présences éternelles. Dieu n'éteindra jamais nos yeux qui voyaient.

Nous serons deux enfants réenfantés.

Hôpital de Chalon-sur-Saône,
allée Saint-Jean-des-Vignes.

DU MÊME AUTEUR
(Textes choisis)

Aux Éditions Gallimard

LA PART MANQUANTE (« Folio », n° 2554 ; « Écoutez lire », lu par l'auteur, contient deux CD audio).

UNE PETITE ROBE DE FÊTE (« Folio », n° 2466).

LE TRÈS-BAS (« L'un et l'autre » ; « Folio », n° 2681).

L'INESPÉRÉE (« Folio », n° 2819).

LA FOLLE ALLURE (« Folio », n° 2959 ; « Écoutez lire », lu par Anna Cervinka, contient un CD audio).

LA PLUS QUE VIVE (« Folio », n° 3108).

AUTOPORTRAIT AU RADIATEUR (« Folio », n° 3308).

LA LUMIÈRE DU MONDE. Paroles réveillées et recueillies par Lydie Dattas (« Folio », n° 3810).

LES RUINES DU CIEL (« Folio », n° 5204).

LA GRANDE VIE (« Folio », n° 6009).

NOIRECLAIRE (« Folio », n° 6498, précédé de CARNET DU SOLEIL).

LA NUIT DU CŒUR (« Folio », n° 6857).

PIERRE, (« Folio », n° 6986).

LE MUGUET ROUGE.

Dans la collection Poésie / Gallimard

L'ENCHANTEMENT SIMPLE et autres textes. Préface de Lydie Dattas (n° 360).

LA PRÉSENCE PURE (n° 439).

Dans la collection Quarto

LES DIFFÉRENTES RÉGIONS DU CIEL. Œuvres choisies (« Voix contemporaines »).

Aux Éditions L'Iconoclaste

L'HOMME-JOIE (repris dans « Folio », nº 6341).
UN BRUIT DE BALANÇOIRE (repris dans « Folio », nº 6680).

Aux Éditions Fata Morgana

SOUVERAINETÉ DU VIDE *suivi de* LETTRES D'OR (repris dans « Folio », nº 2680).
ÉLOGE DU RIEN.
LE COLPORTEUR.
ÉCLAT DU SOLITAIRE.

Aux Éditions Lettres Vives

L'ENCHANTEMENT SIMPLE.
LE HUITIÈME JOUR DE LA SEMAINE.
L'AUTRE VISAGE.
L'ÉLOIGNEMENT DU MONDE.
LE CHRIST AUX COQUELICOTS.
UNE BIBLIOTHÈQUE DE NUAGES.
LA MURAILLE DE CHINE.
LES POÈTES SONT DES MONSTRES.

Aux Éditions du Mercure de France

PRISONNIER AU BERCEAU (« Traits et portraits »; repris dans « Folio », nº 4469).

Aux Éditions Le Temps qu'il fait

L'ÉPUISEMENT (repris dans « Folio », nº 5919).
L'ÉQUILIBRISTE.

Aux Éditions Poesis

LE PLÂTRIER SIFFLEUR.

Composition : PCA
Achevé d'imprimer
par Normandie Roto Impression s.a.s. en janvier 2024.
Dépôt légal : janvier 2024
Numéro d'imprimeur : 2400375

ISBN : 978-2-07-305460-9 / Imprimé en France

634560